いまここで
Here and Now

谷口江里也
TANIGUCHI Elia

未知谷
Publisher Michitani

The Tree Leaves have fallen 木の葉が落ちた 9月10日

木の葉が落ちた。
春を夢見る眠りのための儀式？
あるいはめぐりめぐっていつの日か
自らの根と触れ合うために？

でも落ちた木の葉がみんな
木の根元に落ちるとは限らない。
風に飛ばされ水に流され遠い土に還る木の葉もある。
土と触れ合えない木の葉だって……

だとしたらそれは、遠くで生きる仲間のため？
草木や虫や魚たちのため？

なんのためにでもなく上を目指して木の枝がのびる。
季節(とき)を知って木の葉が落ちる。
それはきっと、木が木として生きる証、自らに課した約束。
私の目に映った一つの、たしかさ。

After the Rain 雨のあとで 9月12日

雨のあとで
みるみるうちに山峡(やまあい)から
燃え上がるように立ち上る
細かなこまかな水のつぶたち。

空に昇って
雲の一部になろうとするかのように
あるいはそのままそっと
大気のなかに姿を隠そうとするかのように。

目に見える水と見えない水。
触れられる水と触れられない水。
地球をめぐる水と私のなかをめぐる水。

ほんの一瞬のあいだの水の舞。
山を舞台の、空を舞台の、私の目を舞台の
無数の細かな水のつぶたちの舞。

Western Sky 西の空 9月12日

西の空。
この世の終わりのような
あるいは何かの始まりのような
際立つ赤と黒とがせめぎあう西の空。

西方には極楽があると
信じられていた時代があった。
西欧には輝ける街があると
伝えられていた時代もあった。

真っ赤な空の下で
大地が血で染まった日もあった。
鳥がいつものようにねぐらに向かった日もあった。

陽が昇り陽が沈む。
太陽と地球の営みの、悠久の繰り返しのなかで今日
私が見た西の空。

Boys And Girls 少年少女 9月13日

少年少女。
生まれたばかりの頃は
泣き、あるいは笑うことでしか
自らの意思を伝えられなかった。

なのに歩くことを覚え言葉を覚え
駆けることなどを覚えて
こうしてみんなと一緒に一つのことを目指せる不思議。

当たり前のように見えることの向こうの
少年少女のそれぞれの日々の中で
一つひとつ積み重ねられてきた奇跡。

そしてこの子たちもまたいつか
このような少年少女たちの親になることもある不思議。
命を育み、想いや意思を育み、そうして共に
何かをつくり伝える人の営みの不思議。

Just a Moment's Event ほんの一瞬のこと 9月14日

ほんの一瞬のこと。
空が紅に染まる。
雲が流れる
空の色を映して。

刻々と色が変わる。
雲の姿も変わる。
何もかも、ほんの一瞬のこと。

そんな一瞬がつながりあって
永遠になる、わけではない。
永遠はいつだって一瞬の内にある。

紅が消える。
雲が消える。
何もかも
ほんの一瞬のこと。

For the Future　明日のために　9月15日

明日のために
あるいは自らの存在を誇示するために
育てた実を
天に掲げる。

そんな実のいくつが
大地に芽を出し
このように実を掲げるまでに
なるのだろうか……

大切なのは、だから、きっと
こうして掲げた実の全てが
芽を出し育つことではない。

幸いにも育てることができた木の実を
とにもかくにも今、こうして天に向かって掲げること。
夢見る今と、明日のために。

Still Alive　まだ生きてる　9月18日

まだ生きてる。
人に植えられ
人に切られ
それでもまだ生きてる。

水があるかぎり
光や風があるかぎり
根が大地の中にあるかぎり
朽ち果てる理由などない。

鳥のように飛び立つことなどできない。
犬のように吠えることなどできない。
だからこそ、ここで生きる。

一つひとつ年輪を刻んで
移ろう時を記憶してきた。
だから、これからも、生きる。

Result of the Work of People And Nature 自然と人の働きの成果 9月19日

自然と人の働きの成果。
人が稲を育て、稲が人を育てる。
そんな関係の中で今年も実った稲穂。

この一粒一粒が
年を越え春にまた
稲穂をつける稲になる。
そうして人の命を支える。

果てしない時を越えて
果てしない旅を重ねて
こうして実った稲の一粒。

これからもまた幾多の人の手を経て旅を続け
そしてまた、自然と人の働きを得て実る。
果てしない旅の途中の
輝く光の中の一瞬(つかのま)の休息。

Sunlight Filtering Through the Trees 木洩れ陽 9月20日

森のなかの
木洩れ陽。
木の葉からこぼれた陽の光が
私の足元で佇む。

厚い雲がなければ
ビルがなければ
遮るものが何もなければ
満遍なく地球に降り注ぐ光

おしみなく、おしみなく。
ある時は強く、ある時は優しく。
太陽が燃え尽きるまではいつも。

絵のような
幻のような木洩れ陽を
歩く私の影が隠す。

Look Up at the Sky 空を見上げる 9月22日

空を見上げる。
どこまでも澄み渡る
輝く青空の色を映して
真っ直ぐ空に向かって花を咲かせる。

四つの花弁で光を受け止め
四つの花弁で空と語らう。
小さな草と空との
晴れやかな会話。

水はあなたがくれたのだから
光もあなたがくれたのだから
いま、この花を、あなたに向かって咲かせる。

記憶のすべてを
喜びのすべてをこめて
空を見上げて花を咲かせる。

After the Harvest 収穫の後 9月26日

収穫の後
刈り取られた稲の根を残して
水田の土が静かに
しばしの眠りにつく。

けれど
そんな眠りの中でも土は無言で稲の根を
残された藁を自らの内に迎え入れる。

春が来れば掘り起こされ
水が張られ
その繰り返しの中で培われてきた土。

どこにも行かずにこの場所で
数え切れないほどの春夏秋冬を越え
稲とともに水とともに時とともに育まれてきた
やわらかな土の饒舌な沈黙。

Little by Little 少しずつ 9月28日

少しずつ
少しずつ色をおびていく柿の実。
去年と同じように
今年も。

種がもういいよと言うまでは
人も鳥も渋くて食べられない実に包まれて
黙って黙って力を蓄える。

種が根からもらった力を
葉からもらった力を
硬い表皮の内に蓄える。

やがて近くで
あるいは遠くで大地と触れ合い
表皮に守られて冬を越す。
その場所で春に芽を出すために。

With the Blue of the Sky 空の青と 9月30日

空の青と
競い合おうとするかのような
あるいは青とのダンスを楽しむかのような
ススキの穂の輝き。

光を受けて風に揺らぐ。
揺らいで青のなかで舞う。
今日のこの日を待っていたかのような
白金色の輝き。

秋には必ず空の青が澄み渡る日があると
知っているからこその白金色。
誇らしげなススキのダンス。

無数の色の中から
この青には、この色でなければと
ススキが選んだ色の不思議。

Why？ どうして？ 10月1日

どうして？

どうして
下を向いて咲いているの？
それじゃあ蝶々がとまれない。

どうして
そんなに大きな花を咲かせたの？
それじゃあ確かに
上は向けないね。

どうして
そんなに柔らかな花弁にしたの？
それじゃあ
風に吹かれただけで破れちゃう。

どうして？

Resting Its Wings 羽を休める 10月2日

羽を休める。
溢れる緑と緑の中で
いろんな草の緑の中で
羽を休める。

ここは小さな蝶々にとっての世界。
歓喜に満ちた楽園。
緑と光の中の一瞬（ひととき）の休息。

ひとやすみしたなら
花の香りに向かって飛び立てばいい。
疲れたら緑に包まれて休めばいい。

そうして喜びを命に変えてきた。
そうして命をつないできた。
そうして緑に包まれて命と別れてきた。
眠るように夢見るように。

Ducks Have Returned 鴨たちが帰ってきた 10月3日

鴨たちが帰ってきた。
去年と同じように今年も
遠くはるかな空を渡り
公園の小さな池に帰ってきた。

どれだけ空を飛んだのか？
休める場所はあったのか？
どうしてこの池にきたのか？
すべては私にはわかりようのない謎。

人を怖れるようすもなく
長旅の疲れも感じさせない艶やかな羽毛。

夏の間、どんな景色の中にいたのだろう。
そこには人の気配はあったのか、なかったのか？
何が飛び立つ日を決めたのか？
無数の謎を越えて今年も鴨たちが帰ってきた。

Mid-Autumn Moon　中秋の月　10月5日

中秋の月。
秋、夜、そして月。
そうして言葉を浮かべてみれば
なぜか漂いはじめる風情。

新米でまあるいお団子をつくり
ススキの穂を飾ったりなどして供えたあとは
ついでにお酒もお燗して
いつのまにやら心も和む。

折に触れ美しいものを愛でる。
そのための健気なしつらえ。
そうしてのこる想い出。

そんなひと時があればこそ
そんなひと夜があればこそ、去年とちがう今の確かさ。
不可視の明日が月に映る。

Autumn Festival 秋祭り 10月8日

秋祭り。
小さな村の小さなお祭り。
法螺貝を先頭に
家内安全、五穀豊穣のお札を掲げての秋祭り。

後には
村人の守り神となった棍棒を持った鬼。
そんな鬼に守られて後に続く
紙の花飾りの可愛い笠を頭に載せた少女たち。

今年もお米が採れたから。
今年も空が晴れたから。
こんなに健やかに娘たちが育ったから。

遠い遠い昔からきっと同じように続けられてきた秋祭り。
天にまで届けと響き渡る、年に一度の法螺貝の音。
眩いまでに晴れやかな少女たちの神妙な笑顔。

Rainy days are ongoing 雨の日が続く 10月20日

雨の日が続く。
雨が大地を冷やす。
大地を冷やして冬を呼ぶ。

雨の日が続く。
こんなにもたくさんの水が
空にある不思議。

雨の日が続く。
残った落ち葉が下へと落ちる。
落ち葉を溶かして
土にかえす。

絶え間なく降りしきる雨。
空の青さを忘れさせるかのように。
水の冷たさを思い知らせるかのように。
ひたひたひたと冬が来る。

A Path After a Typhoon 台風の後の小径 10月23日

台風の後の小径。
いつも歩く小径。
折れた小枝。
あたり一面に飛び散った木の葉。

すでに枯れていた枝も。
すでに枯れていた葉も。
そうではない枝も。
緑の葉も。

どうしてこんなに静かなのか。
夜通し怖いほどに風が吹き荒れていたのに……

台風の後の小径。
いつも歩くいつもの小径。
いつもとは全く違う
でも、いつもと同じ私の小径。

Roofs After a Typhoon　台風の後の家々の屋根　10月23日

台風の後の家々の屋根。
競い合うようにして
晴ればれと光を返す家々の屋根。

外を吹き荒れる
風の音を聞きながら
この屋根に護られて
夜を過ごした人々。

どの屋根も
どこか誇らしげに
光を返す。

日々変化する季節の中で
毎日まいにち違う日々を
いつもと同じように送る人々の一夜を
あたりまえのように護り抜いた屋根の輝き。

The Sky After a Typhoon　台風の後の空　10月23日

台風の後の空。
澄み渡る青空の中を
ゆっくりとゆっくりと
形を変えて流れる真綿のような雲。

昨夜、台風が吹き荒れていたことは知っている。
今日は昨日とは違う日。
そして、明日のことはわからない。
誰にも。

雲が刻々と形を変える。
今という時は今しかないことを楽しむかのように形を変える。

見上げれば
眩しいほどの青と白。
私が知っていることなど
ほんの少し。

Silver Cloud 銀色の雲 11月2日

銀色の雲。
空の上の
磨き上げられた鋼(はがね)のような銀色の雲。

銀色の雲。
空を泳ぐ
巨大な太刀魚のような
銀色の雲。

空が目覚める。
街が目覚める。
時が目覚める。

雲にもきっと命がある。
風に命があるように
水に命があるように
銀色の雲にしかない銀色の命。

Two Crows in Thick Fog 濃霧の中の二羽のカラス 11月18日

濃霧の中の二羽のカラス。
絶好の観覧席から
霞む景色を楽しむかのような。
ふと物想いに耽るかのような。

濃霧の中の二羽のカラス。
何も言わなくても心が通う
長く連れ添う二人のような
二つの命。

羽を黒くしたのは
わけがあってのことなのか、それとも……

冷たく静かな冬の一瞬。
飛び立てば消える命の気配。
私の心に映った
言葉のない物語。

Before Returning to the Earth 土に還る前に 12月3日

土に還(かえ)る前に
風に吹き寄せられ
ひとかたまりになって
光を浴びる落ち葉たちの群。

土に還る前に
乾いた体に光を受けて
木々の枝にあった時とはまったく異なる
でも美しく変化したそれぞれの色を誇る。

花だけが美しいのではない。
新緑だけが美しいのではない。
これもまた木々たちのもう一つの華。

土に還る前に
今日の光を受けて
今しか歌えない歌を謳う。

Ice Needles Sticking Up　霜柱が立った　12月10日

霜柱が立った。
土を覆う苔を持ち上げ
朝の光を受けて輝く
小さな氷の柱たち。

みんなで寄り添い
力を合わせる。
少しずつみんな違う
小さな氷の柱たち。

朝の寒さの中で生まれ
朝の光を受けて輝き
そして消える小さな氷の柱たち。

氷と大地の想いのように
寒さにあがらう意志のように
あるいは一瞬の遊びを楽しむかのように霜柱が立った。

Picture Painted by Water 水が描いた絵 12月28日

水が描いた絵。
冷たい灰色のコンクリートの壁に描かれた
現代絵画のような絵。

雨が降り
壁を伝って水が流れる。
雨が降り
壁を伝って水が流れる。

そんな繰り返しの中で
水が描いたリズミカルな
立ち並ぶ剣の先のようにも
抽象的な墨絵のようにも見える絵。

水が壁と交わした無数の対話の記録。
じっと立ち尽くすコンクリートの壁と
形を持たない水が交わした対話の記憶。

Budda sculpted in a Rocky Mountain 岩山から掘り出された仏 1月2日

岩山から掘り出された仏。
石を切り出し
その石から仏を彫りだし
もとの岩山に納められた仏。

人の手によって切り出され
人の手によって彫られ
人の手によってもとの岩山に納められて人を見護る仏。

いつこの岩山ができたのか。
いつこの石の仏はつくられたのか。
どれほどの時がそれから過ぎたのか。

このようなことをかつて誰かがし始めたという不思議。
それに倣って仏が彫られ続けてきたという不思議。
仏の加護、岩山と共に永遠にあれよと
願った人々の一途さ、あるいは健気さ。

Prayer Wish　祈願　1月2日

祈願。
何かを願って
それも特別な何かを願って
奉納された絵。

百年以上も前の大願成就の祈り。
願った主の名前は消えてしまったけれど
今もなお形を残す絵に映る願主の想い。

美しい絵でなければ願いは天に届かないから。
心を無にしなければ祈りは天に届かないから。
でもこの一念だけは天まで届いてほしいから。

人が人である限り
抱かずにはいられないさまざまな願い。
人であるからこそその
祈願。

Embracing Time　時を抱いて　1月2日

時を抱いて
大地を抱いて千年もの間
この場所で生き続けてきたイチョウの大木。

その命を支え続けてきた無数の根。
地表にまで張り巡らされて絡みあう根は
生き続けようとしてきたこの木の意志の表れ。
あるいは、この木に託された無数の人々の想いの表れ。

立ち続けるには意志が不可欠。
それに加えて必要だった偶然と幸運。
それがあったからこその千年の命。

木に想いをよせる人の心。
それを受け止める木の心。
千年もの時を重ねてこの場所で育まれてきた
ここにしかないこの木の気配。

Duck Pond Frozen　鴨池が凍った　1月22日

鴨池が凍った。
氷の上を鴨たちが歩く。
空を飛ぶのでも
水に浮かぶのでもない鴨の姿。

ゆらゆらと体を揺らせて
氷の上を歩いているところを見れば
鴨たちの足は冷たさを
さほど感じないようにできているのかもしれない。

空を飛ぶ時には折りたたみ
水上にあっては水を掻く。
歩くことを
木々の梢に留まることを度外視した鴨たちの足。

この程度の氷ならきっと午後には溶けるだろう。
鴨たちが、つかの間の異和を楽しむ。

It Snowed　雪が降った　1月22日

雪が降った。
一夜明けてみれば
あたり一面が雪。

木々の枝の上に
地面の上に、家々の屋根の上に
あらゆるものの上に。

うっすらと降り積もった雪。
道を塞ぐほどでもなく
木々の枝を折るほどでもなく
軽い真綿のように降り積もった雪。

朝の冷たい空気が雪国で育った私の心の中に
懐かしさと清らかな微笑みをそっと残して
ほどよく降って止んだ雪。

郵 便 は が き

料金受取人払郵便

神田局
承認

4803

差出有効期限
平成32年 6 月
7 日まで

101-8791

504

東京都千代田区
猿楽町2-5-9
青野ビル

㈱未知谷 行

ふりがな ご芳名 E-mail	年齢 男 女
ご住所 〒 Tel. - -	
ご職業	ご購読新聞・雑誌

愛読者カード

ご購読ありがとうございます。誠にお手数とは存じますが、アンケートにご協力下さい。貴方様の貴重なご意見ご感想を賜わり、今後の出版活動の資料として活用させて頂きます。

●本書の書名

●お買い上げ書店名

●本書の刊行をどのようにしてお知りになりましたか？

書店で見て　広告を見て　書評を見て　知人の紹介　その他

●本書についてのご感想をお聞かせ下さい。

●ご希望の方には新刊書のご案内をさせて頂きます。　要　不要

通信欄（ご注文も承ります）

Grove Under the Cold Sky 寒空の下の木立 1月30日

寒空の下の木立。
上へ上へと枝を伸ばし
そしてそのまま静止してしまったかのような
寒空の下の木立。

たった一枚の枯葉さえまとわず
空を目指した姿のままで
息をひそめて立ちつくす寒空の下の木々。

眠っているのか。
耐えているのか。
それともただ黙っているだけなのか。

冷たい風が木々の間を吹き過ぎる。
無数の枝と枝の間を吹き過ぎる。
ふと、木々たちの言葉が聞こえる。
寡黙なような饒舌なような木々たちの意志。

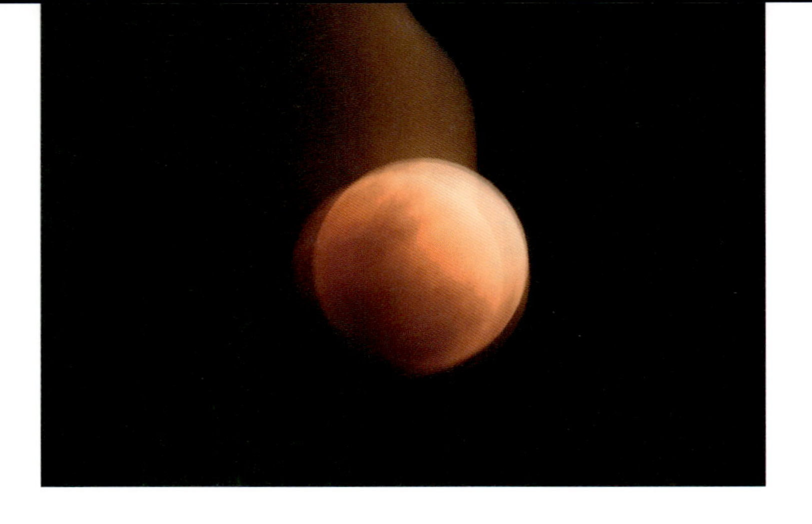

Super Blue Blood Moon　皆既月蝕　1月31日

皆既月蝕。
私たちが無辺の宇宙の中の
まあるい星の上で生きていることを
あらためて思い出させてくれる夜空のショー。

楕円を描いて地球の周りを回る月が最も地球に近づいたから
いつもより大きく見える満月。
それが地球の影に隠れて刻一刻と姿を隠す。

それまで銀色に光っていた月が
地球の影に姿を隠した瞬間
命を宿したかのように赤く燃え上がる。

月と地球との距離が最も短くなった時と
満月と皆既月蝕とが重なることで人の目に映る
スーパー・ブルー・ブラッド・ムーン。
理屈を遥かに超えた星たちの営みの不思議さ。

Snow Flowers Bloomed 雪の花が咲いた 2月2日

雪の花が咲いた。
山をすっぽりと覆うように
すべての木々の上にうっすらと積もった雪。
目がさめるような白い花。

雪の花が咲いた。
昨日まで冷風の中でひっそりとした眠りを眠っていた山が
急に目覚めたかのように光り輝く。

真っ白な、真っ白な
薄絹をまとったかのようにも見える山。
これはきっと山のもう一つの夢。

山だって、歌いたくなることがあるだろう。
踊りたくなる時だって、きっと。
だって、黙ってずっとじっとしていたのだから……
そんな想いを汲むかのように雪が、山に花を咲かせた。

Waiting for Spring　春を待つ　2月5日

春を待つ。
冷え切った大気の中で
晴れ渡るこの青空の向こうに春があると知って
硬い外皮の内で花芽を育(はぐく)む。

春を待つ。
もう少しのあいだこの寒さをやり過ごしさえすれば
春が来ると考える人間たちの小賢しさとは
無縁なところにある確信。

生きていれば春が来ると
敬愛する年上の友が言ったのは、あれは
いつのことだったか？

春を待つ。
今を知り、明日を知り、昨日を知る。
時を知り、確かさを自ずと知って春を待つ。

Like Flowers　花のように　2月5日

花のように。
生い茂る笹の群れの中で芽を出し
枯れることなく枝を伸ばして葉をつけ
落葉の季節が過ぎてもなお枯葉を手放そうとしない
一本の小さな木のひと枝。

ここで生きていることを誇るかのように
笹の葉の乾いた緑の中に咲かせた枯葉の花。

これは、きっと
笹の群れの中から抜け出たこの木の葉たちが
光を受けた時の喜びの余韻。
あるいは、その喜びをかみしめるようにして生きた
この小さな木の意思の証。

花のように、けれど、花よりも長く。
季節を超える枯葉の花。

Sleeping Dinosaur 眠る恐竜 2月12日

眠る恐竜。
長い首の先の頭を地面につけて
静かに眠っているかのようなマシーン。
現代の恐竜のような人がつくりだした怪力機械。

奇妙なほど静かな景色の中で
操縦する人の姿もなく
掘った穴の傍らで死んでしまったかのように
もう何日も放置されたままの現代の恐竜。

それにしても、何千万年も前、大地の上を
もっと巨きな恐竜さえもが歩き回っていたという不思議。

この穴をさらにさらに掘り進めれば、そこに
土の中で眠り続ける恐竜の硬い骨がありうるという不思議。
もしかしたら、このマシーンも、ここでこのまま
埋もれてしまうのでは、という幻想が、ふと脳裏をよぎる。

The Rice Paddy Has Been Tilled 田の土が掘り返された 2月12日

田の土が掘り返された。
稲の穂が刈り取られてから
そのまま眠ったようになっていた田の土が掘り返された。

さあ起きろと言われて目を覚まし
一斉に起き上がったかのように
藁や根や微生物たちとともに掘り返された田の土が
光を浴びて深呼吸をする。

どんな夢を見ていたのだろう土は。
土に埋もれた根たちは目に見えない生き物たちと
何を話し合っていたのだろう。

田の土が掘り返された。
人ができることはほんの少し。
でもその少しが、きっと大切なひと手間。
田の土が、人によって掘り返された。

A Ume Tree Has Blossomed 梅が咲いた 2月13日

梅が咲いた。
近寄って見れば
後に続こうとする多くの蕾。
一瞬、心の中に春が来る。

梅が咲いた。
誰よりも早く
春の訪れを告げる役目を担う
預言者のように。

地球の回転軸が傾いているからこその四季。
頭では分かったふりをしてはいても
心身で感じる巡る季節の不思議。

気がつけばほのかな香り。
ここにほら、こうして咲いた白い花があるよと
小唄を歌うかのように梅が花を咲かせた。

Dried up Trees on the Mountain 乾ききった山の木々 2月18日

乾ききった山の木々。
触ればポキポキと音を立てて折れそうな
乾ききった山の木々。

この木々の幹に、細い枝に
その先々までに
春が来れば大地の水が
吸い上げられて行き渡るという不思議。

なんと賢い命の仕組。
もし冬の間、人間も同じように
じっと眠っていられたら、とも思うけれど
でもきっと始まる眠った人間と眠らない人間とのゴタゴタ。

乾ききった山の木々。
じっと見つめれば、冬の陽を柔らかくかえして
静かに立ち昇る煙のように見えなくもない光景。

Ume Trees in Full Bloom　咲き誇る梅　2月18日

咲き誇る梅。
あたり一面、山も畑も枯れ色の中で
枝という枝に花を咲かせて春を着る。

春はここからはじまると
誰かが言い放ってこそ春が来る。
ならば自分がとばかりに
咲き誇る梅。

梅が花を咲かせなければ春の訪れは
もっと遅くなるだろう。
寒々とした冬がもっと、もっと続くだろう。

枯れ色の中で
誰よりも先に春衣をまとい
四方八方に春の到来を告知するかのように
咲き誇る梅。

Water Flows 水が流れる 2月25日

水が流れる。
山裾の岩ばかりの川のおもてに映る
木々の枝が揺れる。

水が流れる。
静かに曲を奏でるように。
誰かに囁きかけるように。
水が流れる。

水、木、石、光、風。
みんな、なくてはならないものばかり。
それらが、どこにでもあるという不思議。

水が流れる。
川面に映る木々の梢が
それを見る私の心が
ひっそりと、柔らかく、揺れる。

Fukujyusou in Bloom　福寿草が咲いた　3月1日

福寿草が咲いた。
福と寿。
日本人が好きな言葉を二つも持つ草の名に
この花を見つけた時の嬉しさが宿る。

まだ冷たい地面の下から湧き出たような
あるいは光が花びらの形をして
空から地面に落ちて来たような。

たくさんの花びらが
一斉に光をかえす。
あるいは一生懸命、光を集める。

まだ寒さに縮こまっている葉と
空に向かって弾けたような花。
まばゆいほどの光色をまとって
福寿草が咲いた。

Soaring Ceder Pollen 舞い上がる杉花粉 3月1日

舞い上がる杉花粉。
一瞬、山火事かと見上げた山の間から煙のように湧き上がる
春一番の風に乗った杉花粉。

ひと風ごとに山から吹き出される膨大な量の花粉。
春一番の突風を待っていたかのように
花粉が空に一斉に舞い上がる。

杉が子孫を増やすためには
はるか彼方まで生い茂るためには
命の素を風に乗せるのは杉にとっては優れた手段。

しかし、風に乗って空を渡っても
新たな命につながる花粉はほんのわずか。
おまけに花粉の多くが街の上に降り注いで人間たちに嫌われる。
が、だからどうだと言わんばかりに
春一番に乗って一斉に杉花粉が飛ぶ。

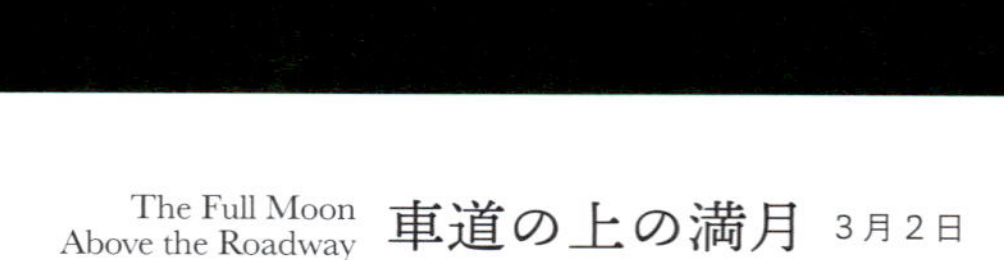

The Full Moon Above the Roadway 車道の上の満月 3月2日

車道の上の満月。
進む暗い田舎道の前方に
いつもよりずっと大きく光る満月。

ところどころに設けられた街灯。
人がつくった光の
どこか頼りのない
味気なさ。

狼が月に向かって吠える気持ちが
わかるような気がする。
このまま月に向かって飛んでいけそうな気さえする。

姿を表し姿を隠し姿を表し姿を隠し
それを数十億年も繰り返してきた月。
宇宙に浮かぶ巨大な鏡が映す
私たちの地球の今。

An Egret in the Rain 雨の中のサギ 3月8日

雨の中のサギ。
白い鳥と白い石と
煙るような細かな
白い雨。

南の風と北の風。
代わるがわりに風が吹き
暖と寒とが入れ替わり
一雨ごとに春が来る。

何を想っているのかはわからないけれど
墨絵の中の鳥のように
一羽のサギが片脚で立つ。

何を見つめているのかはわからないけれど
白い岩の上の白い鳥を水が映す。
雨の中のサギ、一瞬の静寂のなかで佇む命。

The Ducks Have Gone 鴨たちがいなくなった 3月10日

鴨たちがいなくなった。
池から鴨たちの姿が消えた。
どこに向かって飛び立ったのだろう。
今どこを飛んでいるのだろう。

旅立つ瞬間を誰が決めるのだろう。
何を想ってそうするのだろう。
目的地のイメージが、鴨たちにはあるのだろうか。

バサバサと水の中から飛び上がる姿を見れば
それで遥か彼方まで飛べるとはとても思えない。
けれど毎年、鴨たちは空を渡る。

鴨たちがいなくなった。
毎日見ていた鴨たち。
人を怖れるようすもなくて、水辺を歩いていた鴨たち。
主を無くしてしまったかのような今日の鴨池。

This is My Place ここが私の場所 3月16日

ここが私の場所。
道路の脇のほんの少しだけ残された草むら。
そこに見え隠れする小さな花。

近づいてみれば
淡い紫と白とが滲むように溶け合う
とても清楚な美しい花。
嬉しそうに光を浴びて……

よくほかの草たちの影に埋もれてしまわなかったね。
よく茎を伸ばしたね。
思わず褒めてやりたくなるような小さな花。

こうして花を咲かせることができたからには
ここは私の場所。
今年も、そして来年も生きていくための
ここが私の場所。

Magnolia in the Rain 雨の中の木蓮 3月21日

雨の中の木蓮。
もうすぐ春が来ると思っていたのに
急に、真冬のような冷たい雨。
七つの花びらの白い木蓮の花が濡れる。

水の中に咲く蓮の名を持つ木蓮が
冷たい小雨の中に咲く。
透き通った雨を集めてできたかのような
白い木蓮の柔らかな白が、白い。

この花びらも
やがてハラリとこぼれ落ちるだろう。
そのとき空はどんな色をして見守るのだろう。

白い絹の衣をまとって憂い顔で佇むかのような
どこかに微笑みを忍ばせたような
木蓮の花が濡れる。

A Red Ume Flower Fiesta 紅梅の宴 3月22日

紅梅の宴。
既に白い花を咲かせた梅に遅れて
負けじとばかりに
紅い花を咲かせる紅梅。

黒ずんだ木の枝の周りで
群舞を舞い踊るかのような紅い花。
華やかな宴の音さえ聞こえてきそうな
存在を誇示するかのような色。

かつて源氏と平家が白と紅の旗を掲げ
日本という国を二分する戦いをしたという。

けれど、枯れ野に咲く華やかな紅と白の花を見れば
白があっての紅、紅があっての白、とも想う。
紅と白とが競い合うようにして、でもなぜか
寄り添って咲いているようにも見える梅の花の不思議。

Take a Shower of Spring　春を浴びて　3月22日

春を浴びて群生する諸葛菜（ショカツサイ）。
食べられることを示す菜の字と
諸葛亮の名を持つ野の草。
そよ風が春の光と薄紫の花を揺らす。

こんな野の草が
中国の軍師の名を有している不思議。
三国志、劉備玄徳、赤壁の戦い。
そんな時空から遠く離れて風に揺れる。

空に向かって茎を高く伸ばし
遠目にもそれとわかる花をつけて種を宿し
揺れながら種を撒いて自陣を広げる？

つい浮かぶ、そんな妄想とは無縁なところで
ゆらりふわりと揺れながら春を浴びて花を咲かせる諸葛菜。
春の、真新しい朝の光と風に微笑む。

Green Ahead of Time　ひとあし先に青々と　3月22日

ひとあし先に青々と
一面の枯れ色の中で
人の手が示した場所で着々と葉を伸ばす麦。

稲を育てるための
滑らかな土と水の田んぼとは異なる
乾いた土の畑のなかの無数の小石。
それはきっとこの草の強さの証。

麦がなくても稲がなくても
人は人になれたのだろうか？
穀物なくして都市は生まれ得たのだろうか？

それにしてもこの緑の色の鮮やかさ。
朝露の無数の水玉を乗せた葉のたおやかさ。
はっきりと上を目指す意志を秘めた細い茎の健気さ。
青々とした体のすべてで光を求める。

Nanohana Have Also Bloomed 菜の花も咲いた 3月23日

菜の花も咲いた。
これからもっと咲くだろう。
人の目に映る景色があちらこちらで和らぐ。

柔らかな葉の色が
温かな光の温かさを映す。
淡く明るい花の色が
冬はもう終わったよと告げる。

それにしても、こんな草花から
人にとってなくてはならない油がとれることに
誰が気づいたのだろう。

あまりにも遠くて見えないけれど
あらゆることに始まりがある不思議。
みんなみんな遠く遥かな時空の中で得た命。
それぞれみんな、異なる姿と物語。

The Earth Begins to Cover Itself with Green 大地が緑に覆われ始めた 3月23日

大地が緑に覆われ始めた。
少しずつ、少しずつ。
けれど日に日に緑色が増える。
大地が息をし始める。

この緑色が、草木たちの葉の中にある緑の素が
光を自らの生きる力に変え
そのとき酸素をつくって私たちの命を支える。

なんという不思議な仕組。
大地から水を吸い上げ、天から降り注ぐ光を受けて
無数の命を養う。

根を伸ばし茎を伸ばし大地を緑で覆う。
虫や獣や人間たちがそれに依って命を育む。
藻や苔や草木たちが緑の秘術を見出さなければ
何も始まらなかった地球。

Flowers From the Mediterranean 地中海から来た花 3月26日

地中海から来た花。
ローズマリーが花を咲かせる。
自らが生まれた地中海から遠く離れて植木鉢のなかで
それでも季節(とき)を越えて花を咲かせ続ける。

日本に比べて気候の変化が少ない地中海では
この花は長く長く咲き続ける。
律儀にも、そんな故郷での習慣を忘れずに
秋からずっと咲き続けているローズマリー。

私がかつて暮らしていた地中海の島では
この小さな木はロメロと呼ばれていた。
子羊のリブを焼いたりするときなどには
独特の香りを持つこの木の葉が不可欠だった。

植木鉢のなかのロメロが故郷を遠く離れて花を咲かせる。
地中海の眩しい光の記憶が私のなかに蘇る。

An Awaited Appearance 真打ち登場 3月29日

真打ち登場。
春の訪れの念を押すかのように
一斉に咲き誇る桜の花が
一瞬にして景色を春色に変える。

人の心が桜を育て
桜の花が人の心を育む不思議。

願わくば桜の下で春死なん。
先人の言葉が春風に乗って届く。

桜の花がなければ
もしかしたら人は冬を越せない。
桜の花を見ることで人は
心身に染みた寒さの記憶を
忘れ去ることができるからこそ
一年をまた新たに生きていけるのだと想う。

Yukiyanagi 雪柳 3月29日

雪柳。
石垣の隙間から芽を出し
花をつけた雪柳。

何本もの細い枝を
身を寄せ合うようにして長く伸ばし
その上に白い花を咲かせる雪柳。

枝が柳のようにしだれていてこその雪柳。
その上に季節外れの雪のような花を載せてこその雪柳。
なのにこんなところでたったひとりで
こんな固い石垣の隙間から
しかもまっすぐ上を向いて……

でももしかしたら、ここでこのまま大きくなって石垣を崩し
やがて、その上におおいかぶさるようにして
一群の、雪のような花を咲かせないとはいえない雪柳。

Kumanbachi is Flying クマンバチが飛ぶ 3月29日

クマンバチが飛ぶ。
私の頭の上で私が何者かを確かめるかのように
クマンバチがホバリングする。

黒と黄色の恐ろしげな姿をしてはいても
いかにも強そうな名前を人間につけられてはいても
いたって穏やかで、花粉や蜜を食べ、ほかの虫を襲いもせず
人を刺す針だってない。

この大きな体と小さな羽でクマンバチが飛ぶことは
長い間、航空力学上の謎とされてきたらしい。
飛べないことを知らないから飛べるのだとさえ言われてきた。

もちろんそんな人間の浅知恵とは無関係にクマンバチは
花咲く季節をいち早く知って花々を巡り
ブーンブンブンと空を飛び、空中で止まることさえできる。
幾多の謎を味方につけて、クマンバチが飛ぶ。

Wild Narcissus Choir 野の花水仙合唱団 3月31日

野の花水仙合唱団。
表情も豊かに春の歌を
みんなで唄っているかのような
ひとかたまりの水仙の花。

今から二百年近くも前にグランヴィルという版画絵師が
この花に目や口を描いて歌を唄わせた気持ちが
なんだかとてもよくわかる。

上を向いて唄う水仙、こちらを向いて唄う水仙。
みんなでしっかり口を開けて
今しか唄えない歌を唄う。

風が揺らげば唄声も揺らぐ。
白と黄色の光も揺れる。
みんなで気ままに、でも声を一つにして唄う
陽だまりのなかの、野の花水仙合唱団。

Dogwood　花水木　4月6日

花水木。
花が咲いたように見えるのに
花びらに見えるものは
花を支えるための葉の一種なのだという。

見れば中心に、まだ青く堅いたくさんの蕾(つぼみ)。
これでは花だと思って虫たちが飛んできたとしても
きっととまどってしまう。

そんな虫は来なくていいよということなのだろうか。
それにしても、アメリカからきたというこの木の
英語の名前が犬の木とは、ハテサテどうしたことだろう。

花と水と木、なんだか人にとって大切なものばかり。
日本に来て、こんな素敵な名前をもらった花水木。
光を受け風を和らげる掌(てのひら)に守られるようにして
堅い蕾の中から現れたもうひとつの蕾。

Mountain Trees Start Budding　芽吹きはじめた山の木々　4月10日

芽吹きはじめた山の木々。
ソメイヨシノが散るのを待っていたかのように
花を咲かせた山桜とともに
一斉に芽吹き始める木々たち。

春の香りを振りまくように
景色の曇りを拭い去るように
山も私も何もかも
生きているんだよと囁くように。

冬の間、とぎれとぎれになっていた時が
木々の息吹を受けて滑らかにつながり
活きいきと今が息づき始める。

ほんの少しづつ違う葉色が同じリズムで時を拍(う)つ。
自分たちの今(とき)を知って明日(あす)を目指す
山の木々たちの芽生え。

Yaezakura Blooming Late 遅れて咲いた八重桜 4月10日

遅れて咲いた八重桜。
たちまち散った薄桃色のサクラの後に
ゆっくりと白無垢の花を咲かせた八重桜。

川のほとりの山すその
コノハナサクヤ、八重桜。
白に白を重ねた花弁のなかの
淡い緑を秘めたオシベとメシベ。

しばし見とれて……
立ち去ろうとして、もう一度。

何か言葉を発したような
音にならない声で私に何かを語りかけてくれたような
ほんの一瞬のうちにさりげなく
白い花の向こうから物語の精をふわりと
投げてくれたような気がした八重桜。

Renaissance 新生 4月11日

新生。
何十年も、時には何百年も生きるのに
冬の間、死んだような、枯れたような姿でいたのに
毎春に、木々の枝から新たに生まれ出ずる無数の葉。

芽生えた葉たちはみな
この春に初めて生まれて、この世の光を初めて浴びる。
そして、秋になれば枯れ落ちる。

生き続ける幹と、生まれ代わり続ける葉。
永遠と一瞬が同じ命のなかにあるような
もしかしたら、この不思議な組み合わせが
木々たちの命の秘密？

人間の感傷や無駄な思考の対極で
新たに生まれた無数の緑の清々（すがすが）しさ。
やわらかく山をつつみ、さらに人の心をつつむ。

Yamabuki in a Hedge 生垣のなかの山吹 4月12日

生垣のなかの山吹。
異なる木々の枝と枝とが絡み合った
それほど手入れが施されてはいないけれど
妙に親しみを感じる生垣のなかの山吹。

まばらに咲いた花が
すきまだらけの緑の中で春を知らせる。
生垣の役割だって十二分に果たす入り組んだ枝。

伸び放題に枝が伸びているわけでもないのは
この生垣に、人が少しは手を入れたことの証。
でもハサミを、それほどきっちりとは入れなかった証。

それにしても、ふと目に入った山吹の花の美のさりげなさ。
みずみずしい緑と黄色の組み合わせの妙。
草木も人もみんな、移ろう時と自然のなかで生きるとして
私はこんな美を、いつどこで誰に、見せられるのだろう。

Sunbathing Turtle **カメの甲羅干し** 4月12日

カメの甲羅干し。
鴨たちがいなくなった池に
ほどよい春が来たと知って姿を現したカメ。
甲羅いっぱいに光を浴びる。

思いっきり首も上げて。
どうやら寒い冬をやり過ごすために
どこかで眠っていたものだから
なんだか元気いっぱいの様子。

冬眠、なんと便利な時間(ひま)つぶしを考えついたものだろう。
ぐっすり眠ったカメとは違い、冬だって頑張って起きていた人間は
とにかく眠くてしようがない。

それにしても、一体どこに潜んでいたのやら。
甲羅を焼いたら、今度はちょっと水の中。
カメが長生きするのも無理はない。

Solar Panels and Shibazakura ソーラーパネルと芝桜 4月12日

ソーラーパネルと芝桜。
空を向いて設置された何枚ものソーラーパネル。
それを取り囲むようにして植えられた芝桜。
どちらも太陽の光をエネルギーに変える。

人間の工夫が植物の知恵にほんの少し近づいたと
そう思わせてくれるソーラーパネル。
光を受けて銀色に輝いてはいるけれど
でも、一斉に咲いた芝桜の花の輝きにはかなわない。

けれどそのうち、もうすこし
草木をみならい、風や水の言葉を聴いて
せめて、自分たちが余計に使うエネルギーくらいは
なんとかしなくては、とも想う。

人が見てきた十万年の夢をもう十万年見続けることができたなら
あるいは触れ合えるかもしれない草木たちの知恵。

A Little Early Koinobori　ちょっと早めの鯉幟　4月12日

ちょっと早めの鯉幟。
端午の節句を待ちきれずに
空を泳ぎ始めた真新しい鯉幟。
鯉の口元の祝の文字が映す喜び。

新たに男の子が生まれたのだろうか。
待ち望んだ子ども、あるいは孫の誕生のお祝いに
子どもの親が、あるいはその親が買い求めてすぐに
端午を待ちきれずに畑から空へと掲げ上げたのだろう。

五色の吹流しが邪気を払って風を呼ぶ。
人の手でつくられた鯉が風に泳いで上を目指す。
喜びとともに空高く、健やかに泳いで昇れと鯉幟。

込める願いがあればこそ、愛でる喜びがあればこそ。
さまざまな想いとともに風を受けて鯉幟。
人の心を健気に映して風に舞う。

Clear Transparent Green　透きとおるような緑　4月13日

透きとおるような緑。
光を吸って空と溶け合う。
柔らかなやわらかな緑。
しなやかな命そのもののような緑。

大地から吸い上げられた水。
幹や枝をとおって葉に届けられる水。
光と出会った葉から空中へと放たれる水。
空へと昇り大地に還ってくる水。

地球を巡る命の仕組の中で
少しづつ、すこしづつ
木々が大きく高くなって
光を求めて空に無数の緑の葉を掲げる。

人にとっての希望（よろこび）のような光を受けて
透きとおるような緑が生を謳（うた）う。

The Dogwood Flowers Have Finally Bloomed　やっと咲き始めた花水木の花　4月13日

やっと咲き始めた花水木の花。
花にしか見えない四枚の特別な葉に守られて
とても花には見えない小さな花を
寄り添い合ってひっそりと咲かせ始めた花水木。

冬の最中に
硬く小さな花芽をつけてから
どうしてこんなにも長い時間をかけて目立たない花を
花を装った白い葉の中で咲かせることになったのか。

そうなるまでに、どれだけの歳月を過ごしたのか。
そうなってから、どれだけの歳月が過ぎたのか。
そうすべき事情が花水木が生まれ育った遠い国にはあったのか。
それとも、なかったのか。

この花の話を聴いてみたい。
この不思議な木が抱いた幻想（ゆめ）を見てみたい。

Flower Tassel of Yamafuji 山藤の花房 4月13日

山藤の花房。
木々が生い茂る木立の中の
深い緑のあいだから姿を現わした
山藤の花房。

薄紫の花房が
ここにいる私を見て
とても綺麗でしょうと
告げる。

深い緑のなかで夢を夢見る山藤の花。
千年もの時を超えて過去と語らう。
無数の物語へとつながる香りが漂う気がする。
でも、すべては一夜の夢。

それでも薄紫の花を、昨日は三つ、今日は七つ
そして明日も咲かせる山藤の花房。

Blooming Flowers Beside the Roadway 車道の傍らで咲いた花 4月13日

車道の傍らで咲いた花。
縁石と歩道との間の隙間の
ほんのわずかの土の中に根を下ろし
たくさんの花を咲かせた路傍の花。

同じ縁石の傍らでも
何も生えていない場所がある。
丈の短い草がまばらに生えているだけの場所もある。
なのにどうしてかここだけに咲き揃った花。

確か矢車草は一年草。
だとしたら花の後に種を宿して
その種を、ほんのわずかの隙間の地面にかえして
そうして咲き続けてきた、ということなのか。

可憐な花が秘めた強さ。
場所の厳しさや、そこでの苦心を微塵も感じさせない健気さ。

Suzuran スズランの花 4月16日

スズランの花。
淡い光をまあるくあつめて
あたりをほんのり照らすような
あるいは小さな安らぎをそっと点（とも）すようなスズランの花。

しぼんでしまった花がある。
しぼみかけた花もある。
やわらかな葉の緑を
白い花の中にさりげなく染め入れたスズランの花。

この花が抱いているのはきっと
一夜（ひとよ）の夢。
点しているのは永遠（とわ）との語らい。

透きとおるようなような白に守られているのは
もしかしたら希望？
いつか見た忘れられない夢の記憶のようなスズランの花。

Grape Tree With New Leaves 若葉をつけた葡萄の木 4月18日

若葉をつけた葡萄の木。
ベランダの植木鉢に植えられた細い葡萄の木から
枯れ木のようだった葡萄の木から
半年ぶりに緑色の若葉が出てきた。

春の雨で山が霞むような湿った場所で
強い光を浴びることもない場所で
一週間に一度、水を与えられただけなのに
それでも若葉をつけた葡萄の木。

これは私の個人的なわがまま。
若葉の向こうに遠く遥かなカタルニアの葡萄畑を
トスカーナやハイデルベルグやグラナダの葡萄畑を見るための。

そんな勝手な道楽を無視もせずに
去年に続いて今年もまた
ちゃんと葉をつけてくれた葡萄の木。

On the Top of the Strewn Gravel 敷き詰められた小石の上で 4月21日

敷き詰められた小石の上で
小さく寄り集まって花を咲かせるカタバミ。
すでに日差しは強く、石だって熱いはず。
もっと熱くなる日だってあるだろう。

それでもここで花を咲かせたのは
きっと、この草ならではの強さがあればこそ。
葉を閉じているのは
この草が獲得した、それも一つの知恵？

それにしても
こんなところでなにも、と思う。
それとも、こんなところで生きていける草は少ないとすれば
ここが、この草のための場所？

この草を噛めば酸っぱい味がするというけれど
それで石を溶かせるほどでもあるまいに、とも思う。

Ready to Fly いつでも飛べる 4月22日

いつでも飛べる。
少し強めの風がもうひと吹きすれば
風に乗って種とともに
はるかかなたへと飛んでいける。

春は風向きも風の強さも頻繁に変わる。
だから今日は北へ
明日は南へと風にまかせて
どこにだっていける。

なんと素晴らしい方法。
大地に根を下ろし
そこで生きていく定めを持つ植物の
一発逆転の大発明。

柔らかな綿毛の中で夢が踊る。
いつでも飛べるよと、風を誘って風を待つ。

The Wheat Already Has Green Ears 早くも青い穂をつけた麦 4月27日

早くも青い穂をつけた麦。
ほんの一ヶ月前はまだ小さな葉だけだったはずなのに。

中が空洞の細くて強い茎が
いつのまにか長くまっすぐ上に伸びて
その先にはもう青い麦の穂。

人を養う役割を世界中で担ってきた麦。
この成長の速さがあればこそ。
このたくましさと豊かさがあればこそ。

実った麦を大切にとっておいて大地に蒔けば
当然のようにまた麦が採れるという魔法のような命の仕組。

麦を見つけて育てなければ人間が地球の上に
こんなにも増えることはなかっただろう。
その茎(ストロー)でシャボン玉を空に飛ばすことだってできる麦。

Intoxicated Dance of Red 赤色乱舞 5月1日

赤色乱舞。
ゆらゆら揺れ動く緑の中の真紅のインク
あるいは鮮血。

無数の蝶が舞うような
なぜか蘇った過去のような
明日から借りてきた記憶のような
夢と現（うつつ）の境を見失わせる赤。

この花の一族が時に
人を狂わせもするという。
もちろん邪悪な人の手を介して……

緑の海をたゆたうような
光の中から赤色だけを集めたような
風をも気ままに操るような
赤色乱舞。

Evening Glories Swinging in the Wind 風にゆらぐ夕顔 5月1日

風にゆらぐ夕顔。
びっしりと植えられたツツジの生垣の隙間から
なぜか顔をあらわした夕顔が
吹いてきた風にふわりと揺れる。

二つの花のうち
一つはそれほど揺れなかったところを見れば
きっと風はまばらに吹いてきて
そのなかの一つの風がこの花をと思ったのだろう。

人の手が加えられたツツジの植え込みと
その影の中からそっと蔓を伸ばして
今宵の夢幻のようにして花を咲かせた夕顔。

夕暮れの、すでに少なくなった光の中で
そっと花を咲かせた夕顔。
でも次の日にはもう誰かに抜き取られていた夕顔。

Yellow Blooming Iris　黄色の花の菖蒲　5月2日

黄色の花の菖蒲。
湿地を埋め尽くすように生い茂る菖蒲。
浮世絵に描かれた菖蒲とは違う色の花で
やがてあたりを染めるのだろう。

生まれ故郷の加賀の温泉町には
菖蒲湯というお祭りがあった。
若い衆が勢いよく惣湯（そうゆ）の周りをぐるぐると
菖蒲を詰めた俵でつくった山車をいくつも引き回す。
頃合いを見て若い衆が一斉に俵を担いで惣湯の中に駆け込んで
菖蒲を大量に湯船の中に投げ入れる。
ムンとした湯気と菖蒲の香りとエコーがかかった人々の声。

その時のことは、今でも体が覚えている。
でも記憶の中の、湯船を埋め尽くしていた無数の菖蒲の
青々とした、パシパシとした手触りの肉厚の葉とは
どこかちがう気がする薄い葉の黄色の花の菖蒲。

Little Cherries 小さなさくらんぼ 5月2日

小さなさくらんぼ。
とても食べられはしないだろうけれど
でもなんだか、美味しそうな綺麗な可愛い実をつけた桜の木。

そうだ、花を咲かせるのは
子孫を残すためだった、と改めて想う。
桜だってそれは同じ、はずだけれど
ソメイヨシノなどは子孫を残せないと何処かで聞いた。

だとしたらこれはそうではない種類の桜？
それとも、子孫を残すことはできないけれど
それでも実ったソメイヨシノの実？

桜の花は美しいけれど
でもこうしてみれば、やわらかな緑の葉と
紅みを帯びた小さな実との組み合わせだって美しい。
そんなことを想わせてくれた、小さなさくらんぼ。

Suiren on the Duck Pond　鴨池の睡蓮　5月2日

鴨池の睡蓮。
鴨がいなくなった池に
いつのまにか水の底から現れて
いっせいに花を咲かせ始めた睡蓮。

水の上に所せましと葉が浮かぶ
その葉と葉のあいだに誰かが花を夜のうちにこっそりと
翌朝、人が目を見張るようすを思い浮かべながら
一つ、そしてもう一つと浮かべてくれたような睡蓮の花。

夜には眠り、朝には目覚める。
それは人も同じだけれど
睡蓮は永い眠りの後に不意に目覚めてここで咲く。

根も茎も水の中に隠し、水から上に伸びようともせず
水の面（おもて）と共にあることの喜びに微笑（ほほえみ）ながら
うっすらと頬を染めるかのようにして咲いた睡蓮の花。

Mikan Tree in Bloom 蜜柑の花が咲いた 5月4日

蜜柑の花が咲いた。
キラキラと太陽の光を浴びるたくさんの白い花の一部が
やがて蜜柑色の蜜柑になる。
けれど、それはまだまだ、ずっと先のこと。

花のまわりに蜜蜂が飛んでいた。
彼らの働きのおかげで、光や土や水や空気のおかげで
そしてもちろん自らの
目には見えない働きがやがて蜜柑となって結実する。

この白い花から蜜柑色の蜜柑が実る不思議。
なのに、何もかもが自然。

私に手伝えることなど何もない。
私にできるのは実った美味しい実を食べることくらい。
時と親しい蜜柑。
時のことを、ほんの少ししか知らない私。

A Crow Jumped Out　飛び立ったカラス　5月5日

飛び立ったカラス。
一瞬、まるで鳥籠のような公園の街灯の中から
逃げ出したかと見えた一羽のカラス。

バサバサと音を立て
ギシギシと羽根を軋(きし)ませて
どこかへ消えた一羽のカラス。

全身真っ黒の大きな体、尖った硬そうな嘴。
特に悪さをするわけでもないのに、人から嫌われているカラス。

カラフルな鳥たちの中で、どうして
カラスは体を自ら黒に染めたのだろう。

ここまで真っ黒にしなければ
魔術や不吉や死や悪事や秘密などのイメージとは
無縁でいられただろうに、などとつい考える人間の勝手。

May Roses　五月の薔薇　5月6日

五月の薔薇。
花芯が淡いピンクの
それを白い花弁がとりかこむ
まるでお手本のような薔薇の花。

無数の物語に謳われた薔薇。
あるいは女性にたとえられてきた薔薇。
美しさと儚さ、硬い蕾と惜しげも無く開いた花の華やかさ。
しかも枝には棘までつけて。

薔薇はイングランドやフランスに
あるいは、宮廷や騎士や乙女にこそ相応しいとなぜか思う。
もしかしたらそれもまた、詩や物語によって付与されたイメージ？

どこで咲いても薔薇は薔薇。
けれど五月に咲く薔薇と、それを植えた人との間には
秘められた物語がきっとあると、なぜか感じる五月の薔薇。

Somehow the Cloud Caught My Eye なぜか目を惹く雲 5月6日

なぜか目を惹く雲。
これまでに何度、空を見上げただろう。
これからどれだけ、空を見上げるだろう。
その中のいくつの雲が私の心に映るのだろう。

まいにち変わる空の色。
雲の形もまいにち変わる。
見上げても、雲を浮かべていない青く澄んだ空がある。
空全体を雲が覆っていることもある。

空がまいにち異なるように、私もまいにち異なるはず。
けれど私の体の中には、あるいは私のまわりには
いつも同じ私が、どこかにいるような気もする。

空はまいにち姿を変えるけれど、
こうして歩いていて、私がふと空を見つめることはそんなにはない。
だから、私を見つめることも、そんなにはないのかもしれない。

Flowers of Kaki Tree **柿の木の花** 5月7日

柿の木の花。
柔らかな葉に隠れるようにして
よく見れば確かに柿の実につながるような形をした
透明感のある小さな花。

子どもの頃この季節になると故郷の加賀では
柿の葉に酢飯を広げ、その上に締め鯖や生姜などを乗せて
一枚いちまい木の桶に並べて重しを乗せた柿の葉寿司を
祖母や母がつくってくれた。

あの美味しかった柿の葉寿司は
この柔らかな葉があったからこそなのだと
今さらながらにそう思う。

柿の葉の香りがほんのりしみて……
いつ誰が、柿の葉をそんな風に用いはじめたのだろう……
その創意がなければ、懐かしい記憶だってなかったと、ふと思う。

Just Forming Momiji Seeds　できたばかりの紅葉の種　5月11日

できたばかりの紅葉(もみじ)の種。
薄紅色の羽根をつかって
すぐにでもどこかに飛んで行きたそうな
小さな羽根をつけた紅葉の種。

竹とんぼのような、あるいは
小さな羽虫のような蜻蛉(トンボ)のような
それらが飛ぶところをどこかで見て
見倣ったかのような姿。

こんな姿をどうして思いついたのだろう。
しかも、まるで秋の紅葉の葉の色を予告するかのように……

風に吹かれてクルクルと飛ぶには
もう少し、体を軽くする必要があると知って
羽根を乾かすまでのしばしのあいだ
薄紅色の色で染まることを楽しむ紅葉の種。

Not on the Flower 花の上にではなく 5月11日

花の上にではなく
人が歩く道の上で羽を休める一羽の蝶。
すぐそばに咲いた花があるのに
どうして花ではなく石の上にいるのか？

もしかしたら、もう飛ぶ力がないのか。
けれど、触覚はまっすぐ伸びているし
羽だってまだ艶々として
どこかが欠けているわけでもない。

あるいは、急にぶり返した寒さに
光を受けた石の暖かさが心地よいのか。
まさか石の模様に隠れて私の目を眩まそうとしたとも思えない。

そんなことを、あれやこれやと考えていると
急にふわりと舞い上がり、私を置いてどこかへ消えた。
なんだか妙にホッとした朝のひと時。

A Big Kuwa Tree　大きな桑の木　5月14日

大きな桑の木。
珍しく大木に育った桑の木がつけた無数の桑の実。
宝の山のような木に集まる無数のムクドリ。
私だって子どもの頃、甘い桑の実をよく食べた。

お蚕様と呼ばれた蚕に毎日葉をあげる必要があるために
桑の木は手を伸ばせば葉が取れる程度の高さに維持される。
そうして桑の葉は人の手によって摘まれて蚕を育て
蚕はやがて絹糸の繭をつくって人を養う。
伸びた枝は冬になれば人間の腰の高さあたりで切られる。
子どもの頃に見た桑畑の桑は
拳を固めた太い腕を地面から突き出したような形で生えていた。

なのに、なぜか人の手を逃れて線路の脇の草むらに生え
十メートルを超える高さの堂々とした大木に育った桑の木。
この木の無数の実は、だから、もともと桑の木という命が持つ
縦横無尽に枝を伸ばして天を目指す意志と豊穣な力の証。

A Waterbug's Ripples　アメンボの波紋　5月14日

アメンボの波紋。
川のほとりの水たまりの上を軽々と動き回るアメンボ。
動くたびに波紋も動く。
ほかでもない、アメンボが自ら選んだ姿と生き方。

よく見れば、どうやら四本の足だけで水に浮いている。
前足を二本、中空に上げているところを見れば
もしかしたら、獲物を見つけて接近した時に
前足で捕まえるつもりなのか。

虫か何かが誤って水に落ちれば水の面（おもて）に波紋が生じる。
それに向かって素早く移動して捕獲するのだろう。
けれど、水の中の魚から見ればアメンボもまた虫。
危険を覚悟の一見優雅な水上歩行。

それにしても、虫や草の独創力の奇抜さ多様さ豊かさこそ無限。
小さな命の一歩一歩が水面に、確かに描く波紋の妙。

the Swallows Make a Nest ツバメが巣をつくった 5月21日

ツバメが巣をつくった。
よりによってコンビニエンスストアの
しかも監視カメラの上に
ツバメのつがいが、子育てのための巣をつくった。

あちらこちらから泥を集め、藁を集め
またたくまに、卵を守り雛を護り育てる巣をつくった。
ツバメが人の気配のあるところに巣をつくるのは
その方が外敵が近寄りにくいことを知っているからだという。

それにしても監視カメラの上とは……
確かにそこなら、よりいっそう安心だと言えなくもない。
旅を重ねて、そんなことまで知るに至ったのか……

害虫を捕ってくれる益鳥なんだよと子供の頃に言われたツバメ。
毎年しっかり海を渡り、同じ場所に巣をつくる賢いツバメ。
何でも知っているように見えるツバメが、巣をつくった。

This Is Also a Flower これもまた花 5月25日

これもまた花。
多くの葉をたたえ、こんもりと茂った木の上に
無造作に白い糸くずを振りまいたような栗の木の花。
すぐに色あせ、やがて気づけばイガに覆われた無数の栗。

かつて芭蕉は、白河の関を越えた須賀川の宿で
世捨て人のようにして家も持たず
栗の木の下で貧しく暮らした僧にちなんで
世の人の見つけぬ花や軒の栗、と詠んだ。

色とりどりの花々が咲き乱れる季節にあっては
栗の花は確かに地味で、というより、どこか奇妙。
美しさを誇る気配など微塵もない。

けれど、一瞬の夕暮れの光の中でこそなぜか際立つ白。
浄土のある西方の木と書く栗の木の花。
その過剰なまでの寡黙さが、むしろ目を引く。

Water Fills the Rice Paddy 田に水が引き入れられた 5月25日

田に水が引き入れられた。
冬の間、風に吹かれ陽に晒(さら)され、あるいは凍り付いていた田の土に
頃合いを見て水が引き入れられた。
途端に鳴き始めるカエルたち。

カエルはこの日を、どこで待っていたのだろう。
どこかで、もうすぐ植えられる苗も育てられているのだろう。
何もせずに放っておかれたように見える田にまつわる
無数の算段、地道な経験、遥かな知恵。

時と自然と人の手によって創り出された土。
ほんの少しの高低差を持つ命の揺籃(ゆりかご)のようないくつかの田の土に
順に水が満たされ、ゆっくりと、土がなめらかな泥に変わっていく。

そのままでは流れ去ってしまう水を貯めそれを緩やかに流し続ける。
そうして自然をより豊かにしてきた水田という奇跡の仕組。
多様な命が田と共に生きる、人もまたそんな多くの命の一つ。

Hay Harvest 刈り取られた牧草 6月3日

刈り取られた牧草。
現代アートかと思うような鮮やかな白の配列。
背景には深い緑、裸の幹だけになった木、なぜか枯れそうな竹。
それにしても伸び放題になっていた草が牧草だったとは……

草を食べて牛や馬や羊の体ができるという不思議。
この草で、誰がどこで何を何頭、養うのだろう。
きれいに袋詰めにされているところを見れば
どこかに運ばれて行くということなのか……

以前、フランスあたりのどこまでも続く放牧地に
巨大な袋がポツリポツリとあるのを列車の窓から見た。
それと似たような景色を、いつも通る道端で目にした驚き。

なのに、次の日の朝にはもう消えてしまっていた大きな白い袋。
たちまち混乱する記憶、もしかしたらあれは幻……？
そうか梅雨に入るからか、と思ったのは、それから少し後だった。

What Are You Aiming At　何を狙っているのか　6月4日

何を狙っているのか。
鷺(サギ)が見つめる先を見れば
水面が一箇所、細かく揺れ動いている。
どうやら生まれて間もないたくさんの幼魚が跳ねているようす。

それを狙っているのか、でも
鳥の体に比して幼魚は、あまりに小さすぎないか。
それとも、それらを求めてやってくる
もう少し大きい、別の何かを狙っているのか。

それにしても
松の木の枝にとまった鷺の
気配を消した剣の達人のような風情。

思案は無為にしかず、とでも呟きそうな……
孤独な哲学者のような、でももしかしたら
そこでただ羽を休めているだけ、なのかもしれない一羽の鷺。

Ajisai In the Rain 雨の中の紫陽花 6月11日

雨の中の紫陽花（あじさい）。
いつ梅雨に入るのかを熟知している花。
確かに紫陽花の花の輝きは
水と共にあってこそ。

そのまま水に溶けてしまいそうな
柔らかな花弁の薄く淡い色。
なぜかどこからか
はらりと歌がこぼれてきそうな気がする。

この季節には、どこに行っても目を惹く紫陽花。
けれど、どの紫陽花も、ここにしかない花。
この場所で、光を受ける、雨を受ける。

私が傘に当たる雨の音を聞いているように
紫陽花の花や葉も雨の音を聴いている。
雨の音で歌を唄い、その歌を聴いているのだと想う。

The Plums Have Ripemed　梅の実が熟れた　6月11日

梅の実が熟れた。
早春にいちはやく花を咲かせ
もう収穫の時期を迎えた梅の実。
ほんのりと色づいた実が雨に光る。

梅雨になる頃に熟れるからだろうか。
それにしても、梅に雨と書いて梅雨（つゆ）と呼ぶとは……
長い間つみ重ねられてきた人と梅との対話。
営々と営まれてきた梅と時との対話。

きっと梅は、一足先に何かをするのが好きなのだ。
人に好みがあるように
草木たちにも好みがあるのだ、と思う。

そのままではとても食べられない梅の実。
梅干しにしたり梅酒にしたり、それもきっと
梅雨を持てあました人に夢の中で梅がそっと教えてくれた知恵。

Between Two Waters 二つの水のあいだで 6月15日

二つの水のあいだで
植えられて間もない若い稲が伸びる。
地球を取り巻く空の水と地表の水。
二つの水を雨がつなぐ。

雨粒が地表の水に波紋を描く。
無数の波紋が重なり合い、干渉し合い
繊細で複雑で、どこか幾何学的な、そして柔らかな模様を描く。
そんななかで気持ちよさそうに若い稲が伸びる。

水には水の約束がある。
いつどこで誰としたというわけではないけれど
風にも土にも光にも、それぞれ確かな暗黙の約束がある。

そんな約束のなかで、稲が育つ、鳥が飛ぶ、雲が空を流れる。
二つの水のあいだを風が渡る。
あらゆる命が、そのあいだで、地球の約束と共に生きる。

Clouds Are Born　雲が生まれる　6月15日

雲が生まれる。
群生する深い緑の木々のあいだから霧が立ち上り
たちまち寄り集まり、いくつかのかたまりとなって
目を見張るほどのスピードで天に向かって昇っていく。

きっとあのかたまりが
そのまま空に昇って雲になるのだ。
思わずそう感じる水の粒子たちの
上を目指す意思の確かさ、たおやかさ。

水があってこその緑、水や緑があってこその命。
すべてのもののなかに宿る意思、あるいは美意識。
それらがつくりだす妙なる営み
それらが育む人の心。

雲が生まれる一瞬を見た。
そんなささいな永遠の記憶が心にのこる喜び。

Moss Is Also the Life of the Earth 苔もまた地表の命 6月17日

苔もまた地表の命。
雨の後、一段と活きいきとする苔。
土の上にはもちろん、石の表面にも、木々の幹にも枯れ木にも。
あらゆる場所で生きる苔。

明らかに植物のように見えるものもあれば
きのこのようなものや、一種の黴なのかと思うようなものもある。
どちらにしても、苔もまた
地表をおおう命たちには違いない。

ある統計によれば
動物や植物など、地球上の生命をすべて合わせた重量の
99.7パーセントを植物が占めるという。

つまり光をエネルギーに変えて酸素をつくり土をつくって地表を覆い
地球を命の星にしたのは植物の仲間だということだ。
全ては苔から始まった、とさえ思えてくる苔たちの生命力。

A Just-Right Sized Vegetable Garden ほどよい大きさの菜園 6月22日

ほどよい大きさの菜園。
おそらくは自分の家族や親しい人たちが食べるための
いろんな野菜が植えられた菜園、これだけあればきっと
自分たちが食べるには十分な野菜が採れるだろう。

ネギもレタスもカボチャもトマトも……
トマトに傘がさしかけてあるのは、もしかしたら
水を与えすぎるのはトマトに良くないからだろうか……
傘とビニールシートの違いは、トマトの種類の違いだろうか……

植木鉢の重しをしてシートを地面にかぶせてあるのは
何か算段があってのことに違いない。
何かの種が撒かれてあるのか、それとも……

それにしても、これくらいの地面で
季節の野菜を食べさせてくれる豊穣な自然。
ほんの近くにあると思える、人の命にとっての健やかな喜び。

Workings of Moles **モグラの働き** 6月24日

モグラの働き。
昨夜の雨で地下通路が崩落したのかもしれない。
いたるところにモグラの突貫工事の跡。
大事な居間や食物貯蔵庫が浸水したのでなければ良いが……

地上からは見えなくても
この地面の下にはおそらくモグラの通路が
縦横無尽に張り巡らされているのだろう。
どこからどこまでが彼らのテリトリーなのかはわからないが……

光が苦手なモグラであってみれば
暗い土の中を移動することは苦ではないのだろう。
それにしてもどうして地面の下を生活の場所に選んだのか？

昼も夜もないとすれば、いったいいつモグラは眠るのか？
餌のミミズや昆虫の幼虫などをどうやって発見するのか？
しかしこの下でモクモクとモグラが働いていることだけは確か。

Space with a Lovely Atmosphere 素敵な気配のある空間 6月25日

素敵な気配のある空間。
奥には、茅葺き屋根をトタンで葺いた民家。
何かを刈り取った後なのか、これから何かを植えるのか？
ごくごく自然に見えるけれど、手入れの行き届いた畑。

畑と雑木林との絶妙なバランス。
その間にさりげなく配された草むら、そして家の前の菜園。
一体となった空間の中に、あるべくしてあるように見える家。
すべてから護られ、すべてを護る。

いろんなものが採れるのだろう。
梅も栗もタケノコも、なんだって採れるだろう。
いろんな花が咲くだろう、いろんな鳥も蝉も鳴くだろう。

人が時や自然と共に生きることの自然さ。
そこで培われた健やかな美意識あるいは心が時を重ねて培われ
受け継がれたからこその、さりげなくも瀟洒な素敵な気配。

A Slightly Mysterious Cloud　ちょっと不思議な雲　6月28日

ちょっと不思議な雲。
夕暮れの木々の上に覆いかぶさるような
丸くまるめた柔らかな綿のボールをいくつも寄せ集めたような
夕暮れの空に、薄く青く染まって浮かぶ雲。

風に流されることもなくじっとして
空を覆っているのに暗くもなく、眩しくもなく
美しい白い紙にポタポタと、淡い水彩絵の具を垂らしたような
そこにそのまま入ってさえいけそうな……

重力というものを感じさせない雲の不思議さ。
水蒸気であれ細かな氷の粒であれなんであれ
あらゆるものを下へと誘う重力を無視するかのような雲。

もしも、私たちを空へと誘う雲がなかったら
私たちの想いは今よりずっと不自由だっただろう。
地面の上を歩く私の上に浮かぶ、ちょっと不思議な雲。

Already Summer Sunlight もう真夏の日差し 6月29日

もう真夏の日差し。
昨日までとは全く違う光の強さ。
木々の葉が返す光が、草花が返す光が弾ける。
その間を縫って流れる風が熱をおびる。

春夏秋冬。
太陽に相対する地球の軸が傾いているから起きる変化
その影響を受けやすい位置にあるからこその移り変わりの早さと
理屈で分かってはいるつもりだけれど
それにしても不思議。
そんなあれやこれやを知り尽くしたような草木たち。
草木たちとの対話を楽しんでいるかのような
光の変化、風の変化。

この変化の早さに昨日のことを忘れてしまう。
押し寄せる波のような変化のなかで
明日を想う隙間が消える。

A Delicious Looking-Eggplant　美味しそうなナス　7月2日

美味しそうなナス。
採れたてのナスのみずみずしさは格別。
強い日差しの中で、ちゃんと水を吸い上げて
艶やかな表皮の内が、水と香りと美味しさと滋養で満ちる。

数本しかないところを見れば
採れたナスは身内で食べるのだろうが
しっかりした支えの竹を見れば
これは明らかに栽培を知り尽くした人の技。

よく見れば花は淡い紫、実は濃い紫、そして葉脈までもが紫色。
植物はどれも緑色を基調とするけれど、でも
それ以外の色をしっかりと選んで身に着ける不思議。

それぞれが好きで選んだとしか思えない、白や赤や黄、そして紫。
水と光の魔法を使って食べられるようにまでしてくれて……
植物たちの誠心誠意の、なにげない献身、あるいは表現。

Sunflowers Bathes in Midsummer Light 真夏の光を浴びるヒマワリ 7月15日

真夏の光を浴びるヒマワリ。
思わず影のなかに身を隠したくなるほどに焼け付く光。
すべてを溶かす真夏の太陽を
わざわざ追いかけて咲くといわれるヒマワリの花。

それが本当かどうかは
暑いさなかでヒマワリをずっと見ていたことがないのでわからない。
ただ、この花の大きさを見れば、鮮やかな黄色を見れば
ヒマワリが太陽の申し子であることは明らか。

見れば花の中心にミツバチがいる。
蜜も花粉も十二分にあるだろう。
目指して飛んでくるのに、これほど分かりやすい花はないだろう。

人が夢を見るように、草木も昆虫もきっと自分が見たい夢を見る。
その夢が、それぞれの姿や生き様に表れているのだと
ヒマワリを見て想う。

Lilies Stems Stretching Tall 高く背を伸ばしたユリ 7月16日

高く背を伸ばしたユリ。
道路と畑との際に、高く、人の背よりも高く茎を伸ばし
あたりを遠くまで見渡すような、あるいは
どこからでも私を見てと言っているかのような一本のユリ。

香りも強く、もちろん人の目も惹きつけるけれど
虫たちにとっては、見つけられないはずがないほど大きな花。
でも何だかあまりに気高すぎて、近寄るのをためらったりは
虫たちは、しないのか、どうか……

白いユリは西欧ではマリアさまの純潔の象徴(シンボル)。
とはいえ、ユリは色によって印象がいちじるしく変わる。
たとえば、すべてを誘い惑わすかのような紅い鬼ユリ……

日本では、歩く姿はユリの花、と言われてきたけれど
風に揺られて美しさを振りまくその姿は、きっと
後ろ姿なのだろうなと、なぜか想う。

Flowers Blooming on the Edge of the Field 畑の端で咲く花 7月16日

畑の端で咲く花。
自然に生えてきたのか、それとも誰かが植えたのか。
どちらにしても、畑に出る時、作業を終えて家に帰る時
この畑で働く人は無意識のうちにもこの花を見るだろう。

そのことはきっと、その人の気持ちにとってマイナスではない。
花が嫌いな人はほとんどいない。
嬉しいことがあった時、花束をもらえば誰だって嬉しい。
お墓や仏壇にお花を添えると、なぜか心が和む。

そうして人は太古の昔から花を愛でてきた。
花が咲いた後にできる実やタネを役立ててもきたけれど
食べられようとそうでなかろうと人は、花を花として愛してきた。
花は人に、美というものの存在の有り難さを示し続けてきてくれた。

もし花の存在がなかったら、人は自分たちが
美を糧とする命だということを知り損なっていたかもしれない。

Half Moon at Dusk **夕暮れの半月** 7月19日

夕暮れの半月。
太陽の光が月の半分だけに当たっているのがよくわかる。
その光で、月のクレーターまでもが浮かび上がる。
夜の訪れを前にして秘密を暴かれてしまったかのような月。

月もまた星。
夜空に無数にある星も、私たちの地球も
宇宙に浮かぶさまざまな星の一つ。
けれど、地球と月との、あまりにも違う地表の姿。

緑と水に覆われた奇跡の星と、乾いた岩のかたまりのような月。
月にまつわる多くの物語は、私たちの命が
水と緑と大気と光の揺り籠に育まれてきたおかげ。

けれど、月がなければ海の潮の満ち干や微妙な海水の流れが消える。
月との微妙なバランスの賜物の地軸の傾きがなければ四季もない。
月がなければ無かったかもしれない私たちの命と美意識。

Just a Week's Love たった一週間の恋 7月20日

たった一週間の恋。
そのために真っ暗な土の中で何年もの時を過ごす。
穴ゼミの姿で夜明け前に土の中から這い出して
殻を割って、朝の淡い光を受けてセミへと変身する。

殻から抜け出たばかりの
まだ薄暗い中での透明な青白い姿は
あれは、誰のための美しさ……？

目も眩むような、夏の強い日差しが満ちる頃には、もう
あたり一帯に響けよと、全身を打ち震わせて歌を謳う。
たった一週間の、もしかしたら、もっと短いかもしれない
熱い熱い恋の季節。

真っ暗な数年を過ごした後の光の海のなかの恋。
あの強い歌声は、きっとセミにしかわからない歓喜の証。
一瞬の恋を生きるために生きるセミの至福。

Summer Festival in a Small Village　小さな村の夏祭り　7月21日

小さな村の夏祭り。
普段は人通りなどない路に人々がたむろしている。
見れば、二本の幟旗(のぼりばた)まで立てられて……
配られた氷水を嬉しそうに食べる子どもたち。

思わず車から降りて何なのかと聞けば
もう数百年も、江戸時代から続いている村のお祭りなのだという。
獅子が百軒足らずの村のすべての家の座敷の中にまで上がって
一日かけて魔除けの舞を舞うのだという。

小さなお社(やしろ)には二組の獅子頭。
何をきっかけに始まったのだろう、この時期に……
疫病から村人を守るため、それとも飢えや飢饉から……？

表情も、どこかひょうきんな獅子頭。
小さな村だからこそ続いてきたのかもしれない村祭り。
一日だけのシンプルな、ずっと続いてほしい夏祭り。

Sunlight Filtering Through the Trees in Summer 夏の木洩れ陽 7月23日

夏の木洩れ陽。
公園の木々の葉を抜けたスポットライトのような光で
地面の上に浮かびあがった小径が
いつもの路を歩く私を誘う。

木立にはなぜか
いつの間にか、いく筋かの路のような気配ができる。
木々の生え方のせいなのか、それとも
雨や風の流れのせいなのか……

あるいは、私がまいにち歩いたこととも
なんらかの関係があるのか……

きっと、木々にも地面にも風にも雨にも光にも
もちろん人や獣にも、それぞれ言いたいことがあるのだろう。
それらがなんとなく折り合うことで、いつしか
路ができるのかもしれないと、ふと想う。

Iron Wants to Become a Tree 木になりたがっている鉄 7月24日

木になりたがっている鉄。
公園の生垣の脇にじっと立ち続けてきた鉄の柵。
ペンキも剥げ落ちてしまったけれど
茶色いさびが浮き出てきた部分もあるけれど
その表情がいかにも自然。

きっと隣の木を見習ったのだろう。
光を浴びて雨を受けて、葉を増やし、あるいは枯らし
毎日まいにち少しづつ表情を変える隣の木を見て
自分もあのように生きいきと生きる命を持ちたいと
大地に根を生やし空を見上げて生きたいと
思ったに違いない鉄の柵。

ふと、大地の下で眠っていた時の遥かな記憶が蘇る。
無理やり固い鉄の形にされた時の違和感が蘇る。
鉄が木に憧れたとして、何の不思議があるだろう。
このまま木となる夢を見たとして、何の不思議があるだろう。

Summer Clouds at Dusk　夕暮れ時の夏の雲　8月4日

夕暮れ時の夏の雲。
煙のかたまりのように立ち上る雲。
下の方の、ちょっと怪しげな雲の色を見れば
もしかしたら一雨くるのか……

強い光に熱せられ
蒸発した水蒸気が熱い空気とともに空に上り
それが上空で冷えて霧のような細かな氷になるのだと
いつか誰かに教えられた。

けれど、そんな理屈をはるかに超えた雲の勢い。
上りきって消えるのか。
それともどこかで堪えきれなくなって雨を降らすのか……

どちらにしても、すべては刻一刻と変わる。
同じ姿など決して見せないけれど、でも律儀に雲は雲の
風は風の営みを豊かに繰り返してくれるからこその私たちの命。

Spiky Chestnuts Waiting for Autumn　棘に包まれて秋を待つ栗　8月4日

棘(とげ)に包まれて秋を待つ栗。
ちゃんと実が熟すまでは採るな食べるなということなのだろう。
淡い黄緑色の棘は柔らかそうに見えるけれど
触ってみればもうしっかり硬い。

なのに秋になれば
栗は自分から棘だらけの外皮を割って実を落とす。
それでも落ちた実は
硬い皮を被っていて内側には渋皮の防御。

そんな周到な防御も、どうやら小さな虫には役立たず。
虫の幼虫たちは誰からも邪魔されず
ゆっくりしっかり栗の実を味わう。

敵の想定を見誤ったのか？
それとも虫が一枚上手だったのか……
なんとなく可愛く見える棘に護られた栗の姿。

I Used to Often Play Foxtail
Often Play Nekojyarasi

子供の頃よく遊んだ猫じゃらし 8月4日

子供の頃よく遊んだ猫じゃらし。
ふわふわとした穂を掌(てのひら)の中に入れて握り
ほんの少し掌を小刻みに開け閉めすると
白い穂が、少しづつ少しづつ頭を出してくる。

猫の鼻先で白い穂を振れば
猫がその動きにつられて飛びかかってくるのも面白かったけれど
どちらかといえば私は
掌で穂を包み込んで遊ぶ方が好きだった。

まるで生き物のように
穂が身をくねらせて頭を振って出てくるのが
なんだか妙に面白かった。

そんなことが子供の私にとっては面白かった。
名も知らないいろんな草花、いろんな虫たち、その動き。
野山は尽きることのない遊び相手でいっぱいだった。

It Seems a Typhoon Has Passed by Afar 遠くを台風が通り過ぎて行ったらしい 8月9日

遠くを台風が通り過ぎて行ったらしい。
風とともに膨大な量の雨を降らし
多くの場所で災害を引き起こし、そして去って行ったらしい。

そのことを私はテレビやラジオで知った。
でも、たとえそれを見たり聞いたりしなかったとしても
この空の、途切れ途切れの雲の奇妙さを見れば
きっと遠い空のどこかでなんらかの異変がとなぜか感じる。

そういえば、風が奇妙なほどに生暖かく湿っぽかった。
ここでは雨は降らなかったけれど
風もそれほど強くは吹かなかったけれど
それでもどこかで何かがあったような気がした空の表情。

空はどこまでもつながっているのだから
もう少し空のことを知ったなら、風のことを知ったなら
遠くの出来事を少しは近くに感じることができるのだろうか？

Rice Already Bearing Grain もう実りはじめた稲穂 8月9日

もう実りはじめた稲穂。
水を力に変え、光を力に変え
時を味方につけて、いつのまにか
稲穂を頭上に掲げはじめた稲。

どんな命にも
その命にしかない喜びの形がある。
明日を夢見るための
秘密の言葉を凝縮させた形がある。

それにしても
太古の昔に誰かがこの草の命の形に
それが抱く可能性に目を留めたのは奇跡だ。

水と光と土と命の働きの成果が
この草の命の喜びが姿を変えた瑞々しい稲穂が、今年もまた
遥かな時を超えて風に揺らぐ。

Dense Summer Grass 密生する夏草 8月28日

密生する夏草。
駐車場の隣の空き地に
ジャングルさながらに生い茂る無数の草。
ほとんどは名前さえ知らない草。

たった一年か二年
人の手が入らなかっただけで
どこからともなくやってきて地に根を下ろし
競い合って伸びた草たち。

やがて背丈を伸ばしはじめる木もあるだろう。
このまま十年二十年が過ぎれば
あるいは百年二百年、さらに千年が過ぎれば
どんな草木がこの地をどんなふうに変えるのか？

草木たちはみんなそれぞれ違う夢を見る。
その夢たちの千年の移り変わりが一瞬、脳裏をよぎった気がした。

The Hozuki Lit Up in Red 鬼灯が紅く灯った 8月30日

鬼灯(ほおずき)が紅く灯(とも)った。
でも、路の傍らに生えていたこの可愛らしくも赤い実の
どこが鬼の灯なのか。
などと言えば、草の陰から小さな赤鬼が
ふくれっ面で出てきたりなどして……

柔らかな緑の葉に隠れて色づいた実は
まるで幼い少女の紅色に染まった頬のよう。
小さいけれど、はっきりとその存在を主張して……
もしこの紅い実がなかったら
こんなところに鬼灯が生えていることに気づくはずもなかった。

どんな草や木も、また虫たちも
ひっそりと生きているように見えるけれど
きっと精一杯、私はここで生きていると
自らの存在を主張しているのだと思えた紅く灯った鬼灯の実。

The Dragonfly Begins To Fly　トンボが飛び始めた　8月31日

トンボが飛び始めた。
特別に暑い日が続いた今年の夏。
熱気がどうやらほんの少し和らいだと感じた朝に
鴨池の上を飛び始めた何匹ものトンボ。

季節が変わったことを水の中にいてどうやって知るのだろう。
申し合わせたかのように、どうして突然
揃って姿を現すことができるのだろう。
それにしても真新しい羽根が美しい。

さっと飛び立ち、高速で飛び、いきなり方向を変え
かと思うと中空に止まっていることだってできるトンボ。
大きな目はきっと全方位を捉えているのだろう。

人間が編み出した機械にはとてもできないようなことを平然と
素知らぬ顔でやってのけるトンボが
正確に季節（とき）を知って大気と遊ぶ。

I Found a Wild Mushroom キノコを見つけた 9月2日

キノコを見つけた。
夜に雨が降った朝に公園の木の根元に姿を現したキノコ。
こんなキノコにもちゃんと名前があって、でもそれを知らなくても
見つければ何となく嬉しい気がするのはなぜだろう。

毒があるキノコとそうでないキノコがあるのは不思議だ。
毒キノコでも、いかにも毒々しかったりそうでもなかったり……

毒々しい色のキノコが、
私を食べたら体を壊すよと
全身でそう言っているのだろうということはわかる。
だとしたら食べられそうに見えるキノコの想いは何なのだろう。

どちらにしても、食べられるかどうかは食べてみなければわからない。
そんな命と命の大胆なやり取りが過去にあったからこそできるキノコ狩り。
今では詳細な写真入りの図鑑だってある。
でも図鑑を持たない動物たちは、どうやって知恵を受け継ぐのだろう？

Kaede's Leaves Beginning to Turn Colors 楓が色づき始めた 9月3日

楓が色づき始めた。
可愛いトンボの羽根のような実をつけていたのは
あれはいつのことだったか……
その羽根もまた淡い色に染まっていた。

すこやかな緑に実によく似合う薄紅色。
草木たちはみんな自分の色で装うけれど
時折、おやっと目をみはらせてくれる楓のさりげない化粧。
新鮮な驚きをしばしば感じさせてくれる風雅。

もう少し色が濃くなっても
緑の葉がどんどん色を変えても
それでも葉を落とさずにゆっくりと色を変え続ける楓。

楓がゆっくりと色を変えるように
時もまたゆっくりと、けれど確実に移り変わる。
そんな自然(きまり)を知って時と色を楽しむ楓の美意識。

Water Flows 水が流れていく 9月9日

水が流れていく。
いつも通る橋の下を流れる川を
水が流れていく。
この川は、ずっと遠くまで流れて
いろんな川と合流し合いながら
やがて太平洋に流れ込む。

だから
この橋の上から笹舟を流せば
もしかしたら笹舟は太平洋に浮かぶことだってできる。
笹舟は途中で沈んだとしても、少なくとも
この無数の水の分子たちは、途中で大気に溶けてしまわない限り
太平洋の水と、地球の全ての海につながる水たちと混じり合う。

巡りめぐる、目に見えない水たちの果てしない旅。
豊かに川を流れる水の豊かさ。

Rice Patch Harvested Eariier Than Others　ほかより早く収穫された稲　9月10日

ほかより早く収穫された稲。
ほかの田の稲がまだ揃って光を浴びているのに
たった一枚の田の稲だけが刈り取られて稲架(はせ)にかけられた。
もしかしたら早稲(わせ)の餅米かもしれない。

無数の草の中から稲を知り
毎年まいとし、味を確かめ艶を確かめ香りを確かめ
育つ強さや、あれやこれやを見守りながら
稲とともに生き続けてきた人の働きと、積み重ねられてきた知恵。

食べなければ生きてはいけない人間。
だから蓄えておける米は、貴重な貴重な命の糧、そしてさらに
それをより美味しく食べたいと想う心を持つ人間の不思議。

美味しさを求めなければ人は人になれなかった。
美を分かち合おうとしなければ文化も人の心も育まれ得なかった。
稲の向こうに映る人の健気さ、自然と文化の確かさ。

いまここで

この本について

朝の食事を済ませると、私は自宅に隣接した公園を抜けて自動車が置いてある駐車場に行き、そこから30分ほど運転して仕事場に行きます。仕事場からは山の連なりや小さな街が見え、6時になると同じルートを辿って家に戻ります。特に出かける用事がなければ、毎日それを繰り返しています。

公園は武蔵野の雑木林の風情が残る、ほどよく手の入った自然園で、2017年9月10日の朝、いつものようにいつもの公園の小径を歩いていた時、地面に落ちている木の葉が目に留まりました。美しいなと感じたのです。そしてふと、こうして目に入る何気ない身の回りの光景を写真に撮り、それにソネットのような短い詩を書き記して見ようと思い立ちました。

私は家にカメラを取りに戻り、落ち葉の写真を撮り、その日から、毎日カメラをバッグに入れて、仕事場までの路行きで、なんとなく目に留まったものをカメラに収めて詩を書く習慣を始めました。

「一つひとつの確かさ」とでも名付けたいような本書の写真と詩はすべて、このようにして一年間撮り続けた写真と、そのとき心に浮かんだ言葉をまとめたものです。写真を撮るためにわざわざルートを外れて何処かに行くことはしないようにしようと決めたので、本書に掲載された127葉の写真は、お正月に近所の古い観音堂に行って撮った3点以外はすべて、自宅と仕事場とを結ぶルートで撮ったものばかりです。

もちろん公園を横切るには何通りかのルートが、そして仕事場までの車での行き方も幾通りかあるけれど、基本的にほぼ毎日、私が鴨池と呼んでいる公園のなかの池の横を通って駐車場まで行きます。そこから仕事場までの車道は、普段は最も交通量の少ない田舎道を通ります。

この試みを始めた頃には、毎日同じところを通って、目に留まるようなものがどれほどあるだろうかと思いました。いざ始めて驚いたのは、毎日まいにち目に映るものがゆっくりと、あるいは突然変わることでした。

空はもちろん、路端の草木や周囲の気配は一日として同じではなく、その変化の微妙さ豊かさには目を見張るものがありました。意識しさえすれば、対象はいくらでもあり、撮ろうと思わなくても、目に映る光景は日ごとに変わりました。

人は誰でも、ごく狭い範囲の中で生きています。電車に乗って遠いところにある会社に出かけたとしても、大概の人の行動範囲はおおよそ決まっていてそれほど広くはありません。たまに旅行に出かけることがあったにしても、普段の生活はごく限られた場所でなされていて、親しい人や知人の数だって限られています。しかもその狭い範囲の中で起きていることの多くは、あまりにも日常的であるために、それほど気に留めずに過ごしています。

けれど、刻々と空の色が変わるように、私たちの気分も些細なことで変化します。物理的にも私たちの身体は常に変わり続けています。誰の体も例外なく更新されています。つまり私たちは、たとえ狭い範囲の中ではあっても、同じであることなど決してない今との関係の中で生きています。

私たちはまた、自分が体験した無数の過去の記憶と共に生きていて、さらにまだどうなるかわからない明日のことを想ったりもします。つまり今は過去や未来とも繋がっていて、私たちは誰もがなんとなく、自分という個人の流れのなかで生きていると思っています。

また、想像力が豊かで何かに想いを馳せることが好きな私たちは、路を歩きながら明日の仕事のことや過去の失敗のこと、送られてきたメールのことやそれに対する返信のこと、TV ショッピングで買った物を返品しようかどうしようかなど、頭の中を様々な思いや日々の生活のことなどでいっぱいにしながら生きています。そんななかで、身のまわりの何気ない自然のことを、例えば路に咲いている花や日々の光景の変化などを視ることを、ともすれば忘れてしまっています。

実は私自身、この試みを始めるまで、身近な自然がこれほどまでに豊かで変化に富んだものだとは思っていませんでした。日々の変化を頭では分かっていたつもりですが、実際に見て感じるのは、大違いでした。桜は瞬く間に散るというけれど、その潔さを愛でたりもするけれど、ちゃんと見ればどんな花も、咲いた瞬間から刻々と変化します。たった一日でしぼんでしまう花もあります。明日撮ればいいやと思って通り過ぎて、次の日に見ればもう何かが違っていて、それっきり撮る機会を逸したこともあります。

今はインターネットで世界中のどんな街だって景色だって見ることができます。世界のどこかの街角に降り立って、その街の街路を、まるでその通りを歩いているかのように観ることもできます。それはそれで素晴らしいことです。けれど、それはあくまで虚構、「まるで〜かのよう」なものに過ぎません。路の壁に触れることはできませんし、不思議な色の石を見つけても拾うことはできません。つまりそれは、誰かによってつくられた情報の断片、生きた現実の空間を擬似的に、そして部分的に平面化し固定化したものに過ぎません。それを体験として私の生の流れの中に取り入れて共に息づくには、あまりにも頼りない、生命力に乏しいものです。

路傍の一輪の花は違います。触れて揺らすことも香りを嗅ぐことも、花から視線を上にあげて空を仰ぐこともできます。そうして実感した時空間は、たとえほんの一瞬のことであったとしても、私の過ごした経験として、心身のどこかにのこります。

ところで私たちはいつであっても「今と此処（ここ）」に生きています。この「今と此処」での体験が無数に積もり重なったものが私たちの人生であり、その集積が、これからを生きていくうえでの私たちの居場所です。

私は現在、埼玉の比企丘陵地帯を自らの居場所として暮らしていますけれども、高校までは故郷の加賀で暮らしていましたし、大学生の頃は横浜にいました。長くスペインで暮らしていたことがありますので、バルセロナや地中海のイビサ島にも無数の「今と此処」が積み重なっていて、それらもまた私の中に混在する居場所です。

加えて私たちの「今と此処」には、本を読んだり映画を見たりコンサートに行ったりしたことも入っていて、そこで感じた喜びや哀しみなども、体験の一部となっています。それらもまた私たちの心身が触れ合った時空間だからです。ここに人間の面白さがあって、私たちは本や映画の作者の意図や登場人物や、そこで交された言葉なども想像的体験として自身の内に取り込んでいます。ですから数百年も前に生きた芭蕉翁でさえ身近に感じられますし、好きな歌をCDで聞けば、かつて行ったコンサートのことが、そこで味わった感動がありありと蘇ったりもします。

そのような「私と今と此処との関係」の総体が私を形成していて、そのなかには、同じような経験を持つ人々と共鳴し得るものが少なからず含まれています。だからこそ私たちは他人とも分かり合えますし、同じ本や絵について誰かと、あるいはかつての自分自身と語り合うこともできます。それが文化を形成する基盤となります。つまり文化の豊かさは、自分自身の心の豊かさと確実にリンクしています。

こう考えてくると、本書に掲載した写真と文章には、私がこれまで体験してきた私の中のいろいろな感情や記憶や想いが呼び覚まされています。もちろんごく単純に綺麗だなと思ったりもしますけれども、そこから子供時代の経験や、さまざまなシーンに一瞬にしてつながったりもします。ですから同じような感覚や想いを抱く見知らぬ誰かの心とも、共鳴しあう何かがあるのではないかと思っています。これらの光景は、豊かな四季を持つ日本の私たちの身の回りのどこにでもあるような、ありふれたものばかりだからです。

これらの写真と言葉が、あなた自身や、あなたの身の回りの何かと対話を交わすきっかけになれば幸いです。日常の身近なものに感じる小さな幸せこそ、豊かな対話の礎になりますし、私たちの心を膨らませてくれる、あるいは自分自身の居場所を愛おしみ大切にすることにつながると思うからです。

詳細目次

たにぐち えりや

詩人、ヴィジョンアーキテクト。石川県加賀市出身、横浜国立大学工学部建築学科卒。中学時代から詩と哲学と絵画と建築とロックミュージックに強い関心を抱く。1976年にスペインに移住。バルセロナとイビサ島に居住し多くの文化人たちと親交を深める。帰国後ヴィジョンアーキテクトとしてエポックメイキングな建築空間創造や、ヴィジョナリープロジェクト創造&ディレクションを行うとともに、言語空間創造として多数の著書を執筆。音羽信という名のシンガーソングライターでもある。主な著書に『画集ギュスターヴ・ドレ』（講談社）、『1900年の女神たち』（小学館）、『ドレの神曲』『ドレの旧約聖書』『ドレの失楽園』『ドレのドン・キホーテ』『ドレの昔話』（以上、宝島社）、『鳥たちの夜』『鏡の向こうのつづれ織り』『空間構想事始』（以上、エスプレ）、『イビサ島のネコ』『天才たちのスペイン』『旧約聖書の世界』『視覚表現史に革命を起こした天才ゴヤの版画集1～4集』『愛歌（音羽信）』『随想 奥の細道』『リカルド・ボフィル作品と思想』『理念から未来像へ』『異説ガルガンチュア物語』（以上、未知谷）など。主な建築空間創造に《東京銀座資生堂ビル》《ラゾーナ川崎プラザ》《レストラン ikra》《軽井沢の家》などがある。

いまここで

二〇一八年十一月三十日印刷
二〇一八年十二月二十日発行

著者 谷口江里也
発行者 飯島徹
発行所 未知谷
東京都千代田区神田猿楽町二・五・九
〒一〇一・〇〇六四
Tel.03-5281-3751／Fax.03-5281-3752
［振替］00130-4-653627

組版 柏木薫
印刷・製本 中央精版印刷株式会社

Publisher Michitani Co. Ltd., Tokyo
ISBN978-4-89642-569-7 C0095